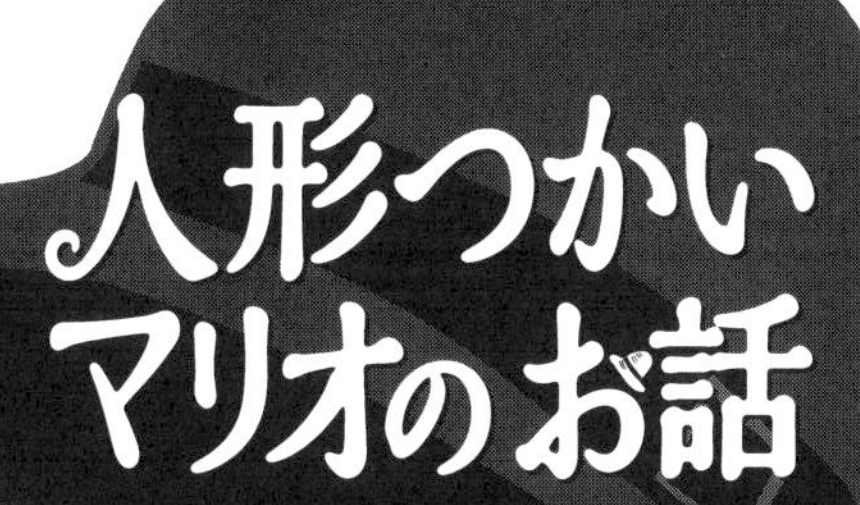

人形つかいマリオのお話

ラフィク・シャミ 作

松永美穂 訳

たなか鮎子 絵

勇敢なダルアー*の子どもたちに捧げる

(訳注　ダルアーはシリア南西部、ヨルダンとの国境付近にある町。2011年3月、この町でアサド政権を批判する落書きをした15人の若者が逮捕されたことが、シリアの反政府運動勃発のきっかけとなった。)

もくじ

貧しい人形つかいが、ある日とつぜん有名になったこと

世界でいちばんおもしろいお話を作るのはだれ？　もしそんなふうに子どもたちやその両親にたずねたら、ほとんどの人は「アストリッド・リンドグレーン、それから人形つかいのマリオ」と答えるでしょう。

アストリッド・リンドグレーンが世界的に有名な作家で、すばらしいお話を書いているのはほんとうです。おてんばで世界一強い女の子「長くつ下のピッピ」、名探偵「カッレくん」、「やねの上のカールソン」や「やかまし村の子どもたち」などのお話は、リンドグレーンが書いたたくさんの名作の、ごく一部にすぎません。

ですから、アストリッド・リンドグレーンの場合は、お話がおもしろいのは証明ずみです。

でもマリオの方は、そうではありません。世界のほとんどの国の人々は、マリオのことなんて知りませんでした。

　でも、この国ではマリオはとても有名で、どの家でもよく知られていました。マリオの人形劇のポスターは、あらゆる町にはられていますし、写真や大きなぬいぐるみも売られています。マリオがあやつり棒を持って小さな人形を踊らせている形のぬいぐるみです。目にすると思わずほっとするようなほほえみを浮かべているこのぬいぐるみを、子どもの二人にひとりは自分の部屋に飾っていました。つまり、マリオはこの物語の舞台となった時代には、とても有名だったので、ほかの国では知られていないなんて想像もできませんでした。

人形つかいのマリオは、ずっと以前には、たいそう貧しい若者でした。キャンピングカーで暮らしながら、町から町へ、人形劇を上演してまわっていました。新しい町に着くと、やせっぽちで小柄なマリオは、これから人形劇を上演する小さな劇場やカフェの入り口に立ち、静かだけれど明るい声で、「人形劇へいらっしゃい」と町を歩く人たちに呼びかけました。でも、人々はマリオのすりきれた服を見て、首を横にふりました。「あんなみすぼらしい格好の人間には、いい出し物はできないよ」とささやく人もいました。

そんなわけで、人形劇を見にくる人は、ごくわずかでした。もっとも、やってきたお客さんたちはみな、来てよかった、と思いました。マリオはほんとうに、すばらしいお話を作りましたし、人形のあつかいもうまかったからです。けれども、お客のほとんどいない劇場で人形たちに芝居を演じさせるのは、もちろんマリオにとってはつらいことでした。

夜になるとマリオは疲れきり、ふさぎこんでキャンピングカーのなかに座って、小さな机のまわりにおいてある人形たちを、悲しげに見つめました。ときにはあやまるように、ささやきかけました。

「すまないなあ！　今日もダメだった！」

「あら、そんなこと言わないで！」「いいできだったよ」いくつかの人形が答えてくれるような気がしました。マリオは人形たちに、そんなふうに言ってほしかったのです。勇気を出すために、自分で自分にこうささやきかけたいくらいでした。

「きっと明日は、もっとお客さんが来るさ！」

マリオの人形たちはどれも、愛情をこめて作られた美しい人形で、すてきな衣装を着ていました。そしてどの人形も、幼稚園の子どもと同じくらい大きかったのです。

マリオは、簡単にはへこたれませんでした。いつも胸に希望を抱き、顔にほほえみを浮かべ、口からは冗談が飛び出しました。マリオはときおり、劇場の入り口から、町を行く人たちにむかって、屋台の売り子のように呼びかけることもありました。

「紳士淑女のみなさま！　マリオのあやつり人形は、疲れたあなたを、たちまちすっかり元気にします」とか、「マリオの元気な人形たちは意欲まんまんで、ぎゃんぎゃんうるさい子どもを、どんどんだまらせます……ちゃんちゃんと夜までに！」とか。

こうして、マリオは何年ものあいだ、国じゅうを旅してまわりました。髪の毛はどんどん少なくなり、白髪になって、キャンピングカーにはさびがつきました。

でもマリオは希望をすてず、毎年新しいお話を考え出しました。人形たちは新しい役柄に合わせて飾りや衣装を新調してもらい、年ごとにますます美しくなっていきました。どの人形も、長年のあいだに一度は盗賊に、一度は道化師に、一度は魔女になっていました。マリオとちがって、人形たちは、お客さんがちらほらとしか来なくても、あまり気にしていませんでした。

さてある日、マリオはまったく新しいお話を思いつきました。『王子さまと貧しい農家の娘』という、すばらしいおとぎ話です。この出し物を二晩、三晩とやっているうちに、小さな劇場は満席になり、そのうえ、町じゅうの人たちがこの芝居のうわさをするようになりました。

マリオはたちまち有名になりました。どの町へ行っても、いちばん大きな劇場が何週間も満席になるようになりました。お客さんたちはいい席をとろうと、開演の一時間前から劇場になだれこんでくるのです。

マリオは町から町へと旅をし、お客さんの拍手かっさいを楽しみました。お金もたくさんかせげるようになり、暮らしむきもすっかりよくなりました。

マリオはいまでも小柄でしたが、頭はすっかりつるつるになっていました。人形たちは、それが気に入っていました。マリオのぴかぴか輝くはげ頭は、まるで小さなランプのようだったからです。

でも、マリオにとっては、このはげ頭は悩みの種でした。いまでは金持ちになっていたマリオは、最初はぼうしを買って隠そうとしました。けれど、お客さんをむかえるときに、ぼうしをかぶったままでいるわけにはいきません。そこで次には、カツラを買いました。人形たちはカツラをかぶったマリオを見て、ぎょっとしました。

金髪の巻き毛のカツラをかぶったマリオは、なんだか別人のように見えたのです。「掃除用のモップみたい」人形たちはこそこそとカツラの悪口を言いました。実際、暑いときにもがんばってカツラをかぶりつづけ、額(ひたい)に汗(あせ)をたらしているマリオは、不格好(ぶかっこう)で情(なさ)けなく見えました。

そんなある日、マリオは大きな町にやってきました。大きな劇場(げきじょう)の切符(きっぷ)は、もうすべて売りきれていました。ポスターには、ここでの公演(こうえん)が『王子さまと貧(まず)しい農家の娘(むすめ)』のちょうど千回目の上演(じょうえん)になる、と書かれていました。それがほんとうかどうかはわかりませんが、人々はこぞって大劇場(だいげきじょう)に押(お)しよせ、子どもも大人もわくわくしながら、幕(まく)が上がるのを待っています。

夕方の六時ちょうどに、幕(まく)が上がりました。

初め、舞台(ぶたい)は真(ま)っ暗(くら)でした。それから、黒い服を着た人形つかいのマリオが、スポットライトに照(て)らし出されました。お客さんが拍手(はくしゅ)をすると、マリオは「ありがとう」と言っておじぎをして、みんなが静(しず)まるのを待ちました。

そのあとは、人形だけにライトがあたり、暗闇(くらやみ)のなかで黒い幕(まく)の前にいるマリオの姿(すがた)は、ほとんど見えなくなりました。

でも、マリオが話すお話は、だれの耳にもちゃんと聞こえてきたのです……。

ヤラナイ王子が父君と母君を怒らせたこと

昔、あるところに、シナイ王という名前の王さまがいました。シナイ王は、奥方のシタクナイ王妃と息子のヤラナイ王子といっしょに、それはりっぱなお城で暮らしていました。

シナイ王はたいそう力のある王さまでしたが、幸せではありませんでした。というのも、息子の王子が、三十歳になるというのに、まだ結婚していなかったからです。

ヤラナイ王子は、かつて竜退治をした有名なリュウイナイ王の娘に会っても、イツモカネモチ王のただひとりのあとつぎであるカネアマルダ姫に引きあわされても、興味を示しませんでした。退屈なお姫さまたちといっしょにいるより、友人たちと遊んだり、馬に乗って狩りをしたりする方が、よっぽど楽しかったからです。

王さまとお后さまにとっては、これが大きな心配の種で、二人は日に日に怒りをつのらせていきました。以前はお二人を、涙が出るほど笑わせた宮廷道化師のワラワナイでさえ、いまでは朝から晩までおどけてみせても、お二人の顔に疲れたようなほほえみすら浮かべさせることができないのでした。

今日も、道化師はしゃべり終えるととんぼ返りをして、王さまの前にひざまずきましたが、王さまはにこりともしませんでした。道化師はかん高い声でたずねました。

「おお、偉大な王さま、笑い話をお聞かせしましょうか？

ある男が、ひどく忘れっぽい友人に会いました。その友人は、結び目を作ったハンカチを持っていました。

『どうしてハンカチに結び目を作っているんだい？』と、男はたずねました。

『恋人と夕方の六時に会うことを忘れないようにだよ』と、友人は答えました。

『どこで会うんだい？』と、男はたずねました。

すると友人はびっくりして、『わあ、それを忘れちゃった！』とさけび、走り去っていきました」

「は、は、は。おもしろくて腹がよじれそうだ」と、王さまが怒った調子でわめきました。

「もうけっこうです、陛下、もうけっこうです。では、陛下がいつもお好きだった古い笑い話をいたしましょう。覚えていらっしゃいますか、偉大な王さま？　ある男が医者のところにやってきて……」

しかし、王さまは道化師の話をさえぎって、わめきました。

「バカな医者の話なんかやめろ。笑い話を聞かせるのではなく、わたしを幸せにしてくれ。わたしは心の底から笑いたいのだ！」

道化師は王さまのそばにおずおずと近づき、小さな声でたずねました。

「陛下、右足の親指で鼻をほじってごらんに入れましょうか？」

すると王さまは、道化師の首根っこをつかみ、揺さぶりながらさけびました。

「わたしを幸せにしろ、道化師、幸せにだ！」そして、道化師のワラワナイを床につき飛ばすと、思いきりお尻をけりました。

すると、ヤラナイ王子が声高に笑って、さけびました。

「いいぞ、いいぞ！　もう一度！」

気の毒な道化師は、もう一度王さまにすりよると、お尻を差し出しました。王さまは力いっぱいけりました。王子は笑いすぎて息ができないくらいで、その笑いはお后さまにも伝染しました。けれども、シナイ王はちょっぴりほほえんだだけでした。

シタクナイ王妃は賢い人でしたから、なぜ王子が姫君たちを気に入らなかったのか、わかるような気がしました。

「ひょっとしたら、姫君たちはお高くとまりすぎていたのかもしれませんし、品がよすぎたか、甘やかされすぎていたのかもしれません。いちばんいいのは、裕福な家庭の普通の娘さんを見つけることですよ。おとぎ話に出てくるような王子さまとの結婚を喜び、夫をあがめてくれるような人を」

お后さまのそんな意見を聞いても、シナイ王は、あまり賛成できないという調子で、「まあな」とうなっただけでした。けれどもお后さまは、その「まあな」という声を聞いて、王さまはふきげんだけれど、「よろしい」という意味で言ったのだ、と思いました。

そこでお后さまは、家来たちを裕福な家々へつかわし、「王子さまは、そなたたちの娘のひとりと結婚することを望んでおられる」と、おふれをのべさせました。育ちのよい娘たちに、ぜひお城の花嫁探しに参加してほしい、というわけです。

王子さまがそのなかから娘をひとり選んだら、王さまに結婚の許可を求め、王さまが、その娘がふさわしいかどうか考える……という段取りです。

賢いお后さまのこの計画を打ち明けられても、王さまは、まだそんなに先のことまで考える気にはなれませんでした。そこでただ、「まあ、見てみようじゃないか！」と、うなるような声で言っただけでした。

シタクナイ王妃と二人の侍女、シラナイとミエナイは、百人以上の候補者を調べあげ、そのなかから三人のすばらしい娘を選びました。

宮廷詩人の娘ジャスミンは、すべての候補者のなかでいちばん賢い娘でした。

大金持ちの宝石商の娘ローザは、話していていちばんおもしろい娘でした。

そして、有名な建築家の娘イーリスは、国じゅうでいちばん美しい娘でした。

シタクナイ王妃は、王子を呼んでこさせました。

王子が大広間に足を踏み入れると、宮廷道化師が踊りながら近づいてきて、言いました。

「おお、善良なる王子さま、あなたの母君である、われらの愛するお后さまが、この国でいちばん賢い娘を選んでくださいましたぞ」

ところが、お后さまのいすの横に頭をたれて立っている娘を見たとたん、ヤラナイ王子は身ぶるいしてさけびました。

「うわ、まっぴらだ、こんな太った娘なんか！　こんなのが落っこちてきたら、ぼくはパンケーキみたいにぺしゃんこになっちゃうよ！」

でも、娘はがっちりして健康そうでしたが、太っていたわけではありませんでした。

「この子は父親に似て、がんこで融通がきかないわね」と、お后さまはささやきました。

「残念ですね、この娘さんはとても健康そうで、きっと十二人くらい子どもが産めるでしょうに」と、侍女のミエナイが言いました。

「それに、この方はとても賢いのに」と、侍女のシラナイもささやきました。

「もしジャスミンさんが上から落っこちてきたら、みなさん、ぺしゃんこのピザになっちゃいますよ！」と、道化師がさけびました。お后さまは、息子にも道化師にも腹が立って、むかむかしました。

お后さまはいちばん賢いジャスミンに、退室するように、と手で合図すると、言いました。

「では、いちばんおもしろい娘を呼びなさい」

にこにこしながら大広間に入ってきたローザは、王子が大声で言ったことを聞いて、凍りつきました。

「もしもこの娘にキスしなきゃいけないことになったら――したくもないのに、するって意味だけど――この子の鼻が、ぼくの顔をつきやぶっちゃうよ」

「悪くありませんな、高貴な王子さま」道化師はくすくす笑って言いました。「そうなれば、あなたの頭も風通しがよくなるでしょう。でも、大工のトンカチにたのめば、ローザさんの鼻にちょうつがいをつけてくれるかもしれませんよ。そうしたら、キスしたいときには鼻をたたんでおけます」

たしかにローザの鼻はかなり高いわね、とシタクナイ王妃も思いましたが、今日はとりわけ不作法にふるまう息子に腹が立って、やれやれと首を横にふりました。お后さまはこの娘がとても好きでした。退屈でぎすぎすしたお城が明るくなるような、こんなおもしろいお嫁さんが来てくれたらいいのに、と願っていたのです。

お后さまは重い気持ちで、この二番目の候補者も下がらせました。そして、「今度こそあなたもおどろきますよ。どこかにしっかりつかまっていなさい。この国でいちばん美しい娘が、あなたの妻になるのです」と言って、手をたたきました。

イーリスが大広間に入ってくると、人々の口から口へ、おどろいたようなささやきが伝わるのが聞こえました。この娘はほんとうに、とても美しかったのです。王子も一瞬、魔法にかけられたようにうっとりしました。そしてイーリスの手をとり、すみっこにあるテーブルに連れていきました。二人はそこで、しばらくのあいだ話をしていました。

ところが、しばらくすると王子のさけび声が聞こえました。王子は両腕を広げてよろめき、大げさに、目がくらんだ人のまねをしながら、大広間の中央にもどってきました。

「目の前が真っ暗だ！　気分が悪い！　こんなおろかさを見るなんて耐えられない！　ああ神さま、こんなおろかさを許しておかれるとは！」

けれどもお后さまには、王子が嘘をついているのがわかりました。お后さまはイーリスと長いこと話をしましたが、イーリスはぜんぜんおろかではなかったからです。イーリスは五か国語が話せました。

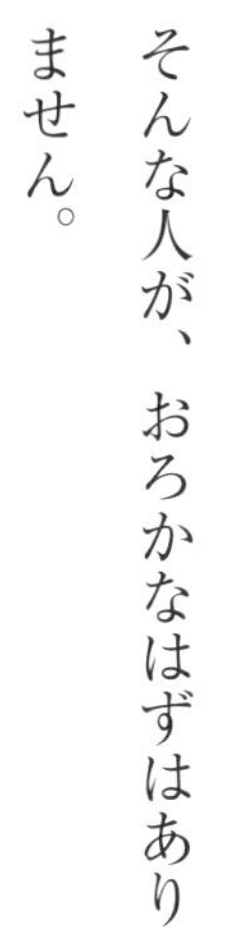

そんな人が、おろかなはずはありません。
　すると、道化師が口をはさみました。
「それならいっそ、三人全員と結婚なさってはいかがですか、高貴な王子さま。美しいイーリスが、そのおろかさであなたの目をくらませれば、ジャスミンとローザがどんなにみにくいか、見ないですみます。そして、ジャスミンにのっかられて

息ができないときには、ローザが鼻であなたの頭をつきさして、空気を入れてくれますよ」

道化師は円を描いて踊りながら、左右の人差し指を鼻の穴につっこんでみせました。

気持ちはおさまりませんが、お后さまは、がんこな息子のために花嫁を探してもむだだと、あきらめるしかありませんでした。

お后さまはもう、大笑いしたらいいのか、わっと泣き出したらいいのか、わかりませんでした。結局、怒りを爆発させることにして、かなきり声でたったひと言さけびました。

王子さまが農家の娘に恋をしたこと

さて、ある日のこと、ヤラナイ王子はいつものように狩りに出かけました。この日は長いこと、町の近くの森で一頭の鹿を追いかけたのです。太いブナの木の後ろで、鹿を待ちぶせしていると、王子の目にとても美しい娘の姿が飛びこんできました。その娘は野原で花を摘んでいました。その優雅な姿に、王子はうっとりしてしまいました。

しばらくのあいだ眺めているうちに、娘は歌い出しました。王子は心をわしづかみにされてしまい、ねらっていた鹿が自分のすぐそばを通っていったことにさえ、気づきませんでした。やがて、その美しい娘は、森のはずれにある農家にむかって帰っていきました。

城にもどったヤラナイ王子は、夕食のときにもひどくぼんやりしていました。でも、口も

とには、ほほえみを浮かべていたので、お后さまは心配しませんでした。

王さまの方は何も気づかず、夕食に出された大きなガチョウの丸焼きを夢中で食べています。ガチョウは皮がパリパリしていて、すばらしい香りがして、なかには米や松の実やレーズンがつまっていました。

王子さまはそっと席を立ち、部屋に下がりました。

「あの子、恋をしてるのね」お后さまは満面の笑みを浮かべて、侍女にささやきました。

翌朝、ヤラナイ王子はブナの木の後ろの隠れ場所に行き、森のはずれの農家を見守りましたが、娘は一日じゅう現れませんでした。

悲しい気持ちで城にもどった王子は、食事ものどを通りません。でも、お后さまはやっぱり心配はしませんでした。一人息子が恋のとりこになっていると、わかっていたからです。母親というのは、そういうことにはすぐに気づくものなのです。

王子はあの美しい娘を、何日も何日も待ちつづけました。もう、何日待っているのかもわからなくなり、待っている時間が永遠に続くようにも思えてきました。

けれどもとうとう、ある天気のいい日に、娘はふたたび現れました。野原で踊り、花の香りをかぎ、一本ずつ花を摘んで花束を作ってうっとりと眺め、それからまた踊るのでした。そして楽しげに、美しい森や花をたたえる歌を歌っています。影のように自分を追ってくる王子には、気づいていないようです。

でも、ふとふり返って、王子を見つけた娘は、びっくりして花をとり落とし、頭をたれて立ちつくしました。

「どうして花をすてちゃったんだい？」王子は言うと、花をひろい集めてやりました。

「わたしは泥棒ではありません、王子さま。花が好きなだけです」と、娘はびくびくして答えました。

王子はやさしくほほえんで、言いました。

「この花はきみのものだよ、きれいなお嬢さん。でも、きみにくらべたら、こんな花なんて、たいしたことはない。きみは世界でいちばん美しい花だよ」

「この花、ほんとうにいただいてもいいのですか？　わたしを罰したりなさいませんか？」

娘はうつむいたままたずねました。

　王子は花を手わたし、娘の髪をなでると、両肩にそっと手をのせました。

「きみはなんて美しい目をしているんだろう！　世界じゅうの海がすべてうつっているような目だ。それに、なんてきれいな唇！　その唇を見たら、どんなバラも焼きもちを焼いて色あせるだろう。おまけに、なんてかわいい鼻！　きみは、今日までどこに隠れていたんだい？　ずっと見かけなかったね！」

「今日は、二週間ぶりに散歩に出してもらえたんです。わたしの継母が、なかなか外に出してくれないので……」

「よくある話だ」王子は娘の言葉をさえぎるように言い、手ではらいのけるようなしぐさをしました。「そう、どんなおとぎ話でも、悪い継母が、美しくて賢い娘を苦しめるんだから。ひょっとしてきみの名は、シンデレラっていうんじゃないか？」

「いいえ、わたしの名前はモタナイです」と、娘は答えました。

「シンデレラも、何も持っていなかったよね！」と言って、王子はモタナイを見つめ、その頭をなでました。そして、小川の岸辺の桜の木の下にある平らな岩までモタナイを連れていくと、いっしょに木陰に腰を下ろしました。

モタナイと話してみて、王子はとてもおどろきました。読み書きもできるし、計算は王子よりよくできるほどなのです。おまけにとても賢くて、医術も知っていれば星のことも知っています。王子はすっかり心を奪われました。

時間は飛ぶように過ぎ、やがてモタナイが、もう帰らなくては、と言いました。王子はそのやわらかい両手を握りしめ、うっとりとモタナイを見つめて言いました。

「ぼくはきみに恋してるんだよ、お嬢さん。ぼくの妻になってくれないか」

モタナイは、夢を見ているのかと思いました。

「わたしが王子さまと結婚するですって？　ああ、もしそうなったら、わたしは世界一の幸せ者です。貧しい父は大喜びするでしょうし、継母も、王子さまとのことを聞いたら、わたしを好きになるかもしれません……」

「やめた方がいい」と、王子が心配そうな声でさえぎりました。「継母がそれを聞いたら、腹を立ててきみを罰したり、毒を飲ませたりするかもしれないぞ……。だから、ぼくが父の

シナイ王を説得するまでは、だれにも何も言わないでおくれ。そしたら、継母がきみの髪の毛一本にだって手をふれないうちに、結婚しよう。

さあ、いまは家にお帰り、でも、何も言わないこと、わかったね？　明日、またここで会おう。白馬に乗ってきて、きみも乗せてあげるよ。いっしょに野原や山を走ろう。また明日ね、いとしい人！」

「また明日、王子さま」モタナイはささやき、大急ぎで家に帰りました。

娘の顔がとつぜん明るくなったのに気づいた継母は、ひどくあやしんで、何があったのかと問いただしました。そして、モタナイが答えないでいると、夕食抜きでベッドに追いやりました。

でもモタナイは、空腹など感じませんでした。そしてひと晩じゅう、王子さまの夢を見ていました。

道化師がうまい解決法を思いつき、王さまを感心させたこと

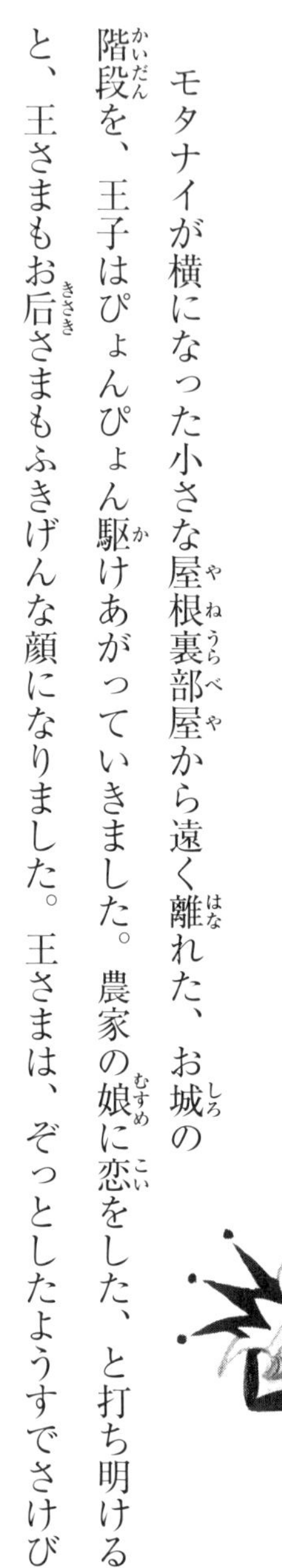

モタナイが横になった小さな屋根裏部屋から遠く離れた、お城の階段を、王子はぴょんぴょん駆けあがっていきました。農家の娘に恋をした、と打ち明けると、王さまもお后さまもふきげんな顔になりました。王さまは、ぞっとしたようすでさけびました。

「なんだと？　つまらん農家の娘と出会っただと？　そんな者と結婚したいのか？」王さまは腹を立て、お后さまを見て言いました。「これがそなたの教育の結果だ！　そなたの息子は、田舎のメンドリがお好きだそうだ！　だから、男の子はもっときたえるべきだと言っただろう……」

するとお后さまが、甘ったるい声で言いました。

「あら、王ちゃまったら。どうしてそんなにご立腹なの？　王子がその娘を気に入っているなら、つきあうことを許してあげましょうよ。ただ、結婚は、王子が気に入らないお姫さまとさせればいいの。そうすれば、バランスがとれます。あなただって、昔は自分の馬だけを愛していたでしょう？　王ちゃま、こういうのはどの王家にもあることですよ」

「わたしを王ちゃまと呼ぶのはやめろと、もう何百回も言っただろう！」王さまはどなりました。「それに、わたしの馬を、農家の娘なんかといっしょにするな！　わたしは父王のオソレナイの言うことに従い、そなたと結婚したのだ」

こんなぐあいに、お城での言いあらそいはえんえんと続きましたが、ヤラナイ王子の決心は揺るぎませんでした。王子はくり返し言いました。

「モタナイと結婚できないのなら、一生結婚はしない」

道化師は全力で、シナイ王の気分を明るくしようとしましたが、くり返しけり飛ばされただけでした。その夜、王家の人々は夜通し言いあらそいました。やがて空が明るくなり、オンドリが鳴いても、まだ意見はまとまりません。

「王さま、気分転換に、最新の笑い話はいかがですか？」道化師が大あくびをしながら言いました。疲れはてた王さまが返事をしなかったので、道化師のワラワナイは笑い話を始めました。「病気の医者が、ある男のところにやってきました……ちがう！　病気の男が、病気の医者のところにやってきました……またまちがえた！」

うまく話ができず、道化師はがっかりして、うめき声をあげました。

「おまえの病人話なんか聞きたくない」と、王さまは力なく言いました。あまりにも疲れきっていたので、もう道化師の尻をけり飛ばすこともできません。

ヤラナイ王子もひどく疲れていたので、ベッドに倒れこむと、その日はずっと夕方まで眠ってしまいました。

一方モタナイは、たくさんの家事をできるかぎり手早く朝のうちにすませて、あの野原へと走っていきました。そして長いあいだ待ちましたが、王子はやってきません。モタナイは時間をつぶすためにマーガレットの花を摘んで、花びらを一枚ずつちぎりながら、小さな声でとなえました。

「王子さまはわたしを愛してる！　わたしをとても愛してる!!　とてもとても愛してる!!!」

お昼になると、あたりのマーガレットの花は、すっかりなくなり、丸ぼうずの茎だけが落

ちていました。モタナイはそれ以上待っていられず、悲しげな顔をして家に引き返していきました。その途中でも、たえず足を止めて、お城の方をふり返ってみましたが、どんなに目をこらしても、王子も白馬も見えませんでした。

家に帰ると、モタナイの悲しそうなようすを見て、継母はうれしそうな顔をしました。ちっともおなかがすかないので、モタナイはパンをひと切れだけ持って、屋根裏の自分の部屋へ行き、小さな窓のそばに座り、午後になるといつもやってくる白い鳩たちに、ちぎってやってしまいました。

シナイ王もその日は一日じゅう眠ってしまい、日が暮れてから目をさましました。あいかわらずきげんはひどく悪くて、夕食後すぐにどなりだしました。王子が農家の娘モタナイを妻にすると言いはるなら、牢屋に入れる、とおどしたのです。それを聞いても、王さまから遠い席に座っているヤラナイ王子は、ただ、あくびをしただけでした。

そのときとつぜん、道化師がおどろくような解決策を思いつきました。王さまはまだ怒っていましたが、道化師は、すぐに口に出さずにはいられませんでした。

「思いつきました！　解決策を思いつきましたよ！」と道化師がさけぶと、王さまはびっく

りして、うなりました。
「今度はなんだ？　道化師が解決策を思いついたとは」
「そうです、偉大な王さま、解決策を見つけました！　モタナイの父親である農夫のタベナイを、侯爵にしておやりになればいいのです。王さまがもともとお気に召さないワカラナイ侯爵が持っている城や土地、馬や雇い人を、タベナイに与えるのです。そうすれば、モタナイは侯爵令嬢、つまり、貴婦人ということになります。ヤラナイ王子はこの娘と結婚できますし、お孫さんがお生まれになれば、王さまもお喜びになるでしょう」
シナイ王は、このだいたんな解決策に少な

からずおどろきました。そして、おなかをかきながら、のちに有名になる言葉を言いました。

「賢さはしばしば、おろか者の口のなかでまどろんでいる」それから王さまは、道化師を見直した、という調子でたずねました。「だが、ワカラナイ侯爵のことは、どうすればいいのかな？　おまえも知ってのとおり、あの男は石頭で反抗的だし、抜け目がないのだ」

「もちろん、農夫にしてやるのです。外のいい空気のなかで仕事をするようになれば、あのでぶっちょの体も引きしまるでしょう。農家の仕事はとても健康的ですからね」

「でも、あの侯爵は納得せんだろう。あれは……」

道化師は迷わず、王さまの言葉をさえぎって言いました。

「それなら納得できるまで、牢屋に入れておしまいなさい」

「理由もなく牢屋に入れるというのか？」

「王ちゃま」と、お后さまが口をはさみました。「そんなことをおっしゃるなんて、いつものあなたらしくないですよ。家来を牢屋に入れるのに、いつから理由が必要になったんです？　一人息子が不幸なまま、わたしたちの孫が生まれない方がいいんですか？　道化師のワラワナイが言うとおりになさい。ワカラナイ侯爵は、ほんとにがまんのならない人ですもの。王ちゃま、あの侯爵は危険人物になりうる、と、以前わたしにおっしゃったこと、忘れたんですか？　農夫にしてしまえば、害はなくなります。あなたも安心できるでしょうし、田舎のいい空気は、あの人の体にもいいのです」

お后さまの言葉を聞くと、シナイ王はじっとだまって考えこみました。息子の王子を見つめ、次に王笏（王さまだけが持つ杖）を、お后さまを、それから天井を見て考えてから、王さまは言いました。

「よかろう！　だが、こうしたすべてのことをヤラナイ王子のためにするのであれば、王子は、少なくとも竜を一頭倒さなくてはいかん。そう、竜だ。竜を倒してみせてくれれば、わたしも王子を誇りに思うことだろう」

ヤラナイ王子は、ぎょっとして飛びあがりました。

「竜ですって？　ぼくが？　ぼくにはヤギさえ殺せませんよ。考えただけでも気分が悪くなる」

「ハエではいけませんか？　ハエは竜よりもいやな生き物ですよ、陛下！」道化師が口をはさみ、王さまにむかっておじぎをしました。お后さまも言いました。

「王さま、王子は血を見るのが、がまんならないんですよ。この子は菜食主義者ですから……」

「そなたの息子だ！　おくびょう者になったのはそなたのせいだぞ。もしそなたが、わたしの言葉を聞いていれば……」王さまはまたどなりだしました。

　お后さまが必死でさえぎりました。

「王さま、ちょっと聞いてくださいな！　この世界にはもう、歯の抜けたおいぼれの竜が三頭しか残っていないんですよ。哀れな竜たちは、王子が何もしなくても、じきに死んでしまいます。竜退治はもう、昔のような英雄の仕事ではありません。脳みそが足りない頭の悪い王子だけが、出かけていって竜を殺そうとするんです。いまでは、雄牛の血を、竜の血だと言って、缶に入れて売っているいかさま師もいると聞きました。腰抜けの王子たちが、その血を体にぬりたくって、竜を退治したと言って、恋人にじまんしているそうですよ。ともかく、わたしたちの息子は、竜退治など、する必要はありません。ライオンのような父親がいる

んですもの、ほかには何も必要ありません」

「そのとおり！　シナイ王ばんざい！　あらゆる王者のなかのライオン！」と、道化師。

「もうよい、もうよい」と言って、王さまはほほえみました。「そなたたちのおかげで、わたしも納得したぞ」

翌日、シナイ王は大臣たちを呼び集め、農夫のタベナイを侯爵にし、ワカラナイ侯爵を農夫にする、とおごそかに伝えました。大臣たちはとてもおどろきましたが、反対するのがこわくて、ぐっとつばを飲み、知らん顔でいつものように拍手をしました。

ヤラナイ王子はお后さまといっしょに、大広間の扉の外で、父王の演説と大臣たちの拍手を聞いていました。王子は幸せな気持ちでいっぱいでした。これで、願いがかなうのです。

王子は、お后さまと、駆けよってきた道化師に、応援してくれてありがとう、と言いました。そして、お城の庭でいちばんきれいな赤いバラを摘むと、白馬にまたがり、風よりも速くお城から走り出しました。

一方、仕事でくたくたになったモタナイは、悲しい顔で屋根裏部屋の窓辺に座り、白い鳩たちにえさをやりながら、苦しい気持ちを打ち明けていました。

そのときふいに、野原のむこうから、王子が馬で駆けてくるのが見えました。モタナイは、自分の目が信じられませんでした。それから下に駆けおりて、すてきな王子の腕のなかに飛びこみました。そして、白馬の上に抱きあげられたモタナイは、王子といっしょに走り去ったのでした。

婚礼のお祝いは、七日七晩続きました。シナイ王は王子の結婚を許したことに満足し、大臣や貴族たちのお祝いの言葉を、ほほえみながら聞いていました。

道化師が、王さまのまわりを飛びはねながらぐるぐるまわって、さけびます。

「シナイ王さま、国の民は、陛下がごきげんで喜んでおりますぞ。もちろんわたしの尻もです」

王さまは心底ゆかいになって、笑い出しました。長いふきげんの日々は終わったのです。

こうして、王家の人々はずっと幸せに暮らしました。もっとも、モタナイの悪い継母は、娘に焼きもちを焼くあまり、数か月後に死にました。ヤラナイ王子はたいそう長生きをして、父王の死後、力のある幸せな王になりました。

ヤラナイ王は、馬や黄金よりずっと、妻を大切にしていました。モタナイは王といっしょに幸せに暮らし、四人の元気な王子を産みました。そして、この王子たちも大人になると、それぞれ貧しい農家の娘と結婚しました。とうぜんのなりゆきですよね。

もし死んでしまっていなければ、みんなはいまも生きています。

人形たちは退屈し、シナイ王だけが満足していたこと

人形劇をおしまいまで見ると、観客は安心して息をつき、拍手をしました。そして、ちょうど夢からさめたかのように、ゆっくりと立ちあがります。外のいい空気にふれて、初めて現実にもどる人もたくさんいました。

一方、糸のついたあやつり人形たちは、劇が終わったあと、大きな舞台の後ろの部屋で座ったり、横になったり、ぶらさがったりしていました。

ふだんならマリオは、全部の人形たちを、糸がからまないように、きちんとぶらさげていました。でもこの日は、とても急いでいたのです。有名な新聞記者のインタビューを受け、そのあと、市長が開く大きなパーティーに出席することになっていたからです。マリオが公演のあとで人形たちと言葉を交わしていたのは、もうずいぶん昔のことでした。

劇で役を演じるのは、そんなにたいへんではないので、人形たちはたいして疲れてはいませんでした。このお芝居は、もう七百回以上も上演して、慣れっこになっていたからです。

「もう、うんざり！　いつも同じ役ばっかり」と、モタナイがうめいて、起きあがりました。

「王子さまはわたしを愛してる！　わたしをとても愛してる!!　とてもとても愛してる!!!」

モタナイはキンキン声で言うと、ヤラナイ王子の方にむき直りました。

「あんまり何度もこのセリフを言わされたから、だんだんあんたのことが嫌いになってきた」

「ぼくがあきあきしてないと思う？　ヤラナイなんて名前、もう聞きたくもないよ。盗賊か漁師の役がやりたいなあ。何か偉大なことをなしとげて、ナニカヤルという名前になりたい」

ヤラナイは首を横にふると、続けました。

「それに、ぼくはいつも、嘘くさいセリフを言わなくちゃならない。きみの目は黒くてきれいだけど、セリフはどうなってる？『世界じゅうの海がすべてうつっているような目だ』だろ。セリフがほんとうなら、海は黒いってことだよね。こんなバカげたことを言わされるなんて！　きみのことは好きだけど、愛してるって言えるかな？　ぼくが愛してるのは、スパゲッティだよ」

道化師は床に寝ころがって、だまって話を聞いていました。次にはお后さまが、大声で言いました。

「わたしだって、もういやよ。王さまのきげんなんて、どうでもいいの。若い二人が愛しあっているなら、まぬけなシナイ王の許可なんて必要ない、さっさといっしょになればいいのよ。
　わたしはずっと、魔法使いの役がやりたかったの。それが夢だった。そう、子どもたちの好きなものをなんでも出してあげる魔法使い。でも、マリオはこのバカげたおとぎ話をくり返し上演するだけ」お后さまは、まくしたてました。
「おれだって、毎日同じバカな冗談を言って尻をけられるのは、もうごめんだよ」と道化師が言って、王さまの顔を見ました。「おまえのけり方は、強すぎるんだよ。おれの尻はもう何年も、青あざだらけだぜ！　おれがやりたいのは田舎のバカ男か、哲学者か、サーカスのピエロだな。サーカスなら、毎日子どもたちが来て、大声で笑ってくれるだろう」

「おまえたちの言うことは、よくわからんな。いいおとぎ話じゃないか」シナイ王は首をかしげると、道化師の方を見て、言いました。「それに、おれがおまえをけるのは、マリオがそうさせるからだぞ。強くけらなきゃ、おれが腹を立ててることがお客にわからないじゃないか。それにしてもみんな、なんで今日はそんなに文句ばかり言うんだい。マリオは日に日にきげんがよくなっているし、それはおれたち全員にとって、いいことじゃないか。おれは毎日楽しいよ」

「あんたは楽しいかもしれないけど……わたしはもう、お后の役はやりたくないし、シタクナイなんて名前もうんざり！　人生を楽しみたいし、そういう名前になりたいの」と、お后さま。

するとモタナイが悲しそうに言いました。

「マリオは変わったわよね。太っただけじゃない。あの金髪のモップを頭にのせた姿を見ると、ぞっとしちゃう」

「やる気がなくなってるよな。糸の動かし方でわかるよ」と、道化師も言いました。

「やる気がないだと？　とんでもない」シナイ王がさけびました。「おれはそんなふうには感じないぞ。簡単な話だろ。マリオはもう劇をすっかり暗記してるから、片手だけで人形を動かせるのさ」

「そう、それが腹立たしいのよ」と、モタナイがシナイ王の言葉をさえぎりました。「マリオが退屈してるのが、糸の動きでわかるんだもの。もう、このお芝居はやめるべきよ。マリオだって、前は熱心に演じていたし、それがわたしの手足に伝わってきた。わたしたちのひとりが劇のなかで不幸な目にあうと、マリオがよく泣いていたのを覚えてるでしょ？　おかしな場面では、声を出して笑っていたし。でも、いまでは何もかも、どうでもいいって感じじゃないの。すっぱいキュウリの話をしようが、幸せな恋の話をしようが、マリオの両手と声はいつも同じ調子。わたしももう、モタナイなんて名前はうんざり。わたしはちゃんと持ってる。ダンスのできる足と、頭と、心を」

「モタナイの言うとおりだ」ヤラナイ王子がきっぱりと言いました。「この一週間というもの、毎晩、黒い人形を持った赤毛の女の子が芝居を見にきている。いつも最前列に座るんだけど、女の子は、始まって五分もすると寝てしまうんだ。その子の人形は、口を開けてうっとりとぼくを見ているけどね。まったく、その女の子は人形をぼくに会わせるためだけに、劇場に来てるんじゃないかと思うよ」

「もうやめろ。おまえら、どうかしてるんじゃないか？　おれはこれからも、シナイ王でいつづけるぞ」王さまが玉座からさけびました。

　すると道化師が、かっとなってどなりました。

「生意気な口をきくな。鼻に一発、お見舞いしてやるぞ。おまえだっておれたちとおんなじ、ただのあやつり人形のくせに、王さまみたいな口をききやがって。おれたち、なんとかしなくちゃダメだ。でないと、マリオは死ぬまで、おれたちに同じ役をやらせるぞ」

　ヤラナイ王子も、そうだそうだ、と言いましたが、シナイ王は道化師にどなり返しました。

「なんてバカなことを！　おれたちは人形なんだぞ、それを忘れるな！　おれたちはあやつり人形なんだから、あいつが望むものしか演じられないんだ。

　ひと月ほど前、おまえは、マリオの裏をかこうと言ったな。出し物の最中に、おれたちがぐるぐるまわって糸をからまらせて、あいつがもう演じつづけられないようにしよう、ってな。はは、笑っちまうよ、まったくすごい計画だったな。だが、それでどうなった？　ええ？　マリオはおれたちを強く揺さぶって、何もなかったかのように演じつづけた。おれの両肩は、揺さぶられたおかげで、いまでもまだ痛んでるよ。

さあ、もう寝かせてくれ。明日になったら、おまえらの気分も直るかもしれん。そうしたら、お客たちのことで、ゆかいな話をしてやるよ。だが、忘れるなよ、おれたちはただのあやつり人形だってことを」

シナイ王は話し終えると、大きなあくびをし、玉座の上で体を丸めました。そして、少したつと、いびきをかきはじめました。

「どうしてあやつり人形のことを、マリオネットっていうのかしら？」モタナイが考えこむように言いました。シタクナイ王妃が答えました。

「前に聞いた話では、フランス語なんですって。『小さなマリオン』とか、『マリーちゃん』っていう意味らしい」

すると、ヤラナイ王子が口をはさみました。

「でもあやつり人形は、フランスという国ができる前からあったんだよ。マリオが前に言ってたけど、中国には、大昔からもう、あやつり人形があったんだって。中国語では、ム・アウとかム・オウというらしいよ」

「おや、まるで病気の牛の鳴き声みたいだね」と、道化師のワラワナイがにやりとしました。

「一度、舞台裏の人形部屋におき忘れられていた、アラビアの人形に会ったことがあるの。アラビア語ではマリオネットではなく、ドゥミアというんですって」と、シタクナイ王妃。

「いやはや、そっちはまるで宣伝みたいだね。人形劇はどう？　見いや、ってね」ワラワナイが言って、自分のしゃれを気に入ったらしく、くすくす笑うと続けました。

「マリオの友だちの、ヤニスっていう陽気なギリシャ人は、古代ギリシャでは、あやつり人形はノイロスパスマと呼ばれていた、って言ってたね。これはまるで、病気の名前みたいだけど」ワラワナイは声をあげて笑いました。

「だけど、ぼくたちについて言えば、マリオの言うことをなんでも聞くからマリオネットというんじゃないかな。『ボスはマリオね』っという、マリオネット」

これには、みんなも笑い出しました。

人形たちは糸につながれたまま、しゃがんだり、横になったり、斜めになったりして、手持ちぶさたのまま過ごしていました。しばらくすると、モタナイとヤラナイ王子も眠ってしまいました。ただ、道化師のワラワナイとシタクナイ王妃は目をさましていて、ささやきあっては小さな声で笑っていました。

やがて、満月の光が小さな窓から差しこんでくると、二人も静かになりました。少しして、シタクナイがそっとため息をつきました。

「夜、野原にあおむけになって、月を眺められたらいいな……」

そのときとつぜん、テーブルの下で、何かが月の光に照らされて光りました。紙切れやひも、古いあやつり棒などが落ちている床の上です。

「何かしら？」シタクナイ王妃は首をかしげました。

道化師のワラワナイは、お后さまが指す方向をじっと見て、言いました。

「ハサミだ。ああ、ハサミだよ」

「ハサミですって……」シタクナイ王妃はささやくと、考えこみました。

二人はそのまま、月が小さな窓のむこうを通りすぎるまで眺めていました。それから、疲れて眠りこみました。

シタクナイ王妃が魔法使いのナニカシタイに変わり、シナイ王がスパゲッティのターバンを頭に巻くようになったこと

次の日、シタクナイ王妃が目をさましたときには、もうほとんどお昼でした。ほかの人形たちは王妃を見て、くすくす笑っていました。

でも、シタクナイは気にしませんでした。すぐに目でハサミを探しはじめ、部屋の壁ぎわのテーブルの下で、きらりと光っているのを見つけました。シタクナイはすぐに、しのび足でそちらに近づいていきました。ほかの人形たちは、それをじっと見ています。

「何をする気なんだ?」シナイ王がたずねました。

「糸を切って、自由な人形になるの」

「糸を切る、だと?　頭がへんになったのか?」王さまはさけびました。

お后さまが大きなハサミを両手で持ちあげようとするのを、人形たちは、目を丸くして見

つめていました。お后さまは、刃が開いたハサミを持ったまま、王さまの方によろよろっと倒れそうになりました。

「いやだ、やめてくれ！」王さまはぎょっとして声をあげ、自分の糸を守ろうと、両手を上げました。

お后さまはハサミの重みで倒れてしまいましたが、しっかりしたようすで立ちあがると、もう一度、ハサミを高く持ちあげました。そして、自分の糸をいっぺんにすぱっと切ってしまったのです。シタクナイはハサミを落とすと、また倒れこみました。

人形たちは、床にじっと横たわっているシタクナイを、心配そうに見ていました。

「どこか痛いの……？」モタナイが、かすれた声で訊きました。シタクナイは横になったまま、うなずきました。

「ほら見ろ。うまくいかないって言っただろう？　おまえたちは……」

でもシナイ王は、言おうとしたことを最後まで言えませんでした。シタクナイが、両腕をゆらゆらと上下に動かしはじめたからです。まるで、蝶のまねをしているみたいに。

それから、シタクナイは起きあがると、これまでになかったほど自由に動き出しました。まるで魔法の力で、手足に新しい力が吹きこまれたように、くるくるとまわりながら、笑い声をあげ、何度もさけんでいます。

「わたしは魔法使いのナニカシタイ！」

ほかの人形たちは、小さな部屋のなかで、わっと歓声をあげました。

続いて、道化師のワラワナイもハサミを持ちあげ、自分の糸を切りました。ワラワナイも、さっきお后さまが倒れたのと同じように床に倒れましたが、やがて、これも同じく、蝶のような踊りを始め、あちこち飛びはねてさけびました。

「おれはピエロのワラッテルだ！　やっほう！　おれはピエロだ！」

次には、農家の娘のモタナイが糸を切り、これまでずっとなりたかった、踊り子のモッテルになりました。最後に、ヤラナイ王子が糸を切り、盗賊のヤッテルになりました。ただシナイ王だけは、糸につながれていたい、と言いました。

「これから何を演じましょうか？」踊り子のモッテルがたずねました。

「サーカス！　ロビン・フッド！　とってもおかしな家族！　ヨーロッパを発見するアメリカ先住民！」と、ピエロのワラッテルがさけび、道化師の帽子を投げすてました。

「この部屋は狭すぎるから、舞台の上に行かない？」と、モッテルが言いました。

「そうね、そうしましょ。舞台へ！」と、魔法使いのナニカシタイもわくわくしてさけびました。

でもそのときシナイ王が、「おれをひとりにしないでくれ！」とたのみました。

小さな人形たちにとっては、太ったシナイ王と、あやつり棒、大きな玉座を舞台の上に運ぶのは、たいへんな仕事でした。あちこちで糸を踏んづけたり、糸にからまったり、つまずいたりすることがないように、人形たちはまず、王さまのあやつり棒を、玉座の背もたれに

引っかけました。そして、あやつり棒をテープで固定してから、王さまを玉座ごと運んでいきました。

これまでいた人形おき場の部屋を出て、左に曲がり、廊下を進み、奥の右手にあるドアのところへやってきました。このドアのむこうは、舞台のそでになっています。人形たちは、玉座を舞台のはしっこまで押していき、自分たちは中央に立ちました。

「新しい役のために、衣装とロープ、ライオンと虎と馬と象がいるぞ」ピエロのワラッテルは数えあげると、たずねるように、魔法使いのナニカシタイの方をふり返りました。「魔法で出せないかな?」

「無理よ。動物を出すおまじないなんか、知らないもの」と、ナニカシタイ。

ピエロはがっかりした顔になりました。盗賊のヤッテルは、考えこみながら舞台の上を行ったり来たりしています。一方、踊り子のモッテルは、足でバレエのポーズをとろうとして苦労していました。以前踊り子の役をしたときから、もう長い年月がたっていたので、なかなかうまくポーズがとれません。

「バレエ用のシューズと、きれいなドレスがほしいわね」と、モッテルは言いました。

「ぼくは、盗賊が使う武器やロープや馬がほしいな」と、ヤッテルが言いました。

「わたしは、薬草やまじないの粉が……」魔法使いのナニカシタイが大声で言いかけたとき、

「そうだ、あれを見ろよ」と、盗賊のヤッテルが興奮したようにさけび、シナイ王の冠を指さしました。

「バカなことはやめろ！」と、シナイ王はうめきましたが、もう手遅れでした。ヤッテルは冠をかっさらって、魔法使いのところに持ってくると、ナニカシタイにたずねました。

「これ、黄金かな？」

「もちろんよ、知らなかったの？」ナニカシタイは、顔も上げずに答えました。

「もちろん黄金だとも、バカ者め、おれが鉛なんか頭にのせると思うのか？」シナイ王がわめきました。

「この黄金で、みんなの必要なものを買ってこよう。自分用にスパゲッティも山ほど買おうっと」盗賊のヤッテルは大喜びでさけびました。

「いいぞ、おれにはトランペットとバイオリンを買ってきてくれ。でも、ライオンはやっぱりいらないや」ピエロのワラッテルが言い、あたりを見まわしてから、ヤッテルにささやき

ました。「モッテルは、ライオンがこわいみたいだから」

そこへ、モッテルが爪先立ちで近づいてきて、ライオンのようにほえました。ピエロのワラッテルはおどろいて、飛びあがりました。

みんながわっと笑いましたが、シナイ王だけはしかめつらで、「なんてバカなことを！　こんなところをマリオが見たら、なんと言うだろう？」と、ぶつぶつ言いつづけました。

一時間ほどすると、盗賊のヤッテルが、みんなにたのまれたものをすべて手に入れて、もどってきました。

まず最初にみんなは、おいしいソースとけずりたてのパルメザンチーズをかけたスパゲッティを、たっぷり食べました。でも、シナイ王だけは食べようとしません。

ピエロのワラッテルは、そんな王さまに腹が立ってきて、長いスパゲッティを一本つまむと、王さまに近づいていきました。そして、「王ちゃま、スパゲッティの冠は黄金の冠よりもきれいだぞ、ほら！」と言うと、シナイ王の頭に、スパゲッティをぐるぐる巻いてのせました。

「バカなことはやめろ！　マリオが見たら、なんて言うと思う？」と、王さま。

「きっとかんかんになるだろうな！」とさけんで、盗賊のヤッテルも、王さまの頭にスパゲッティをもう一本、ぐるぐる巻いてのせました。「ターバンみたいだな」

「王はターバンなんて巻かない。まして、スパゲッティなんてぜったいに巻かないんだ！」

シナイ王はわめきましたが、ほかの人形たちは大笑いしただけでした。

「王笏を使った手品を見たくない？」魔法使いのナニカシタイが、踊り子のモッテルに訊きました。

「見たいわ、どうやるの？」モッテルが知りたそうにたずねました。

ナニカシタイは立ちあがり、王さまに近づきました。

「シタクナイ！　バカなことはやめろ！」王さまは命じましたが、ナニカシタイは黄金の王笏をかっさらって、言いました。

「紳士淑女のみなさま、ここにある王笏をごらんください！　王の手にあるときは、権力の印としてみんなをこわがらせますが、わたしの手のなかでは、花束に変わります」

魔法使いは空中で王笏をくるくるとまわし、花束に変えてしまいました。ナニカシタイはその花束を、ピエロのワラッテルに投げました。

「王笏を返せ！　王には王笏が必要なんだ」シナイ王がさけびました。

「御意のままに、陛下！」ピエロのワラッテルはさけび、王さまの前でおじぎをしました。

それから、スパゲッティを二本持ってきて、片方のはしを王笏のかわりに王さまに持たせ、もう一方のはしを高く持ちあげました。でも、ピエロが手を放したとたん、スパゲッティは下に落ちました。

くすくす笑うワラッテルを見て、王さまはさけびました。

「バカなことはやめろ！　おまえらのしていることをマリオが見たら、けっして笑ったりはしないぞ」

魔法使いのナニカシタイは、盗賊のヤッテルが持ってきてくれた袋から、おまじないの粉をひとつまみとり、それを空中にまきました。すると、どうでしょう。天井から、光る星や紙ふぶきが降ってきました。

別の袋からとり出した粉は、お皿にぬりつけ、黒っぽいびんに入っていた液体をぽとぽととたらしました。ナニカシタイは、その皿を小さなこんろにのせて、舞台のむこうのはしにおきました。少し待つと、ポンと音がして、青い煙が天井まで上がりました。

「何ごとだい?」と、ピエロのワラッテルがたずねました。

「なんでもない」魔法使いのナニカシタイは、せきをしながら答えました。「盗賊の雲隠れ用の雲を作ってあげたかったんだけど、温度が高すぎたみたい」

　ワラッテルはそれを聞いて、楽しそうに笑い、ナニカシタイをはげましました。

「腕をみがかなくちゃ。もう一度やってごらん」

　シナイ王は信じられないというように、首を横にふり、わめきました。

「みんな、どうかしてるぞ。サーカスだと! 隠れ雲だと!」

「雲隠れ、よ、王ちゃま」踊り子のモッテルがかわいらしい声で言うと、うんざりした顔をしている王さまの横を、くるくる踊りながら通りました。

　魔法使いのナニカシタイは、すみっこの方で、ごそごそ何かしています。まもなく、そのあたりで黄色い雲が湧きおこり、ナニカシタイがはげしくせきこむのが聞こえました。

「いったいどうした？」シナイ王がおどろいてたずねました。

「なんでもおいしくなる薬を作ろうと思ったの。

一滴たらせば、ほうれん草がラズベリーアイスの味になり、おかゆがチョコレートの味になるような……。でも、何かをまちがえちゃったみたい。チョコレートはニンニクの味に、ミルクは古いくつ下の味になっちゃった」ナニカシタイはそう言って、煙が目にしみて出た涙をぬぐいました。

こんなぐあいに、人形たちは大いにバカ騒ぎをし、遊びたいだけ遊んで、幸せに過ごしました。なんといっても、思ったとおりに動きまわれるのは、最高です。

ただシナイ王だけは、スパゲッティの冠を頭にのせ、手からたれさがるスパゲッティの王笏を握ったまま、きびしい目でみんなを見つめていました。

ピエロのワラッテルは、バイオリンを演奏しながらよろけてみせ、くり返しみんなを笑わせました。盗賊のヤッテルと踊り子のモッテルは、ゆかいな盗賊のおとぎ話を演じました。

それから、四人はそろって、空っぽの客席にむかっておじぎしました。

「アンコール！　アンコール！」ピエロがさけびました。

待ってましたとばかりに、ほかの三人は輪になって踊り、ピエロはその後ろをぐるぐる走りながら、バイオリンを弾いたのでした。

マリオが堪忍袋の緒を切らし、王さまはなんの役にも立たなかったこと

そのときとつぜん、大きな音がしました。

「ドアだ、ドアを開けようとしてる！」と、盗賊のヤッテルがさけびました。

「足音が聞こえる……」踊り子のモッテルがささやきました。

人形たちはこわくなり、不安で体をこわばらせました。マリオが準備のために、いつも公演の一時間前に来ることを、みんなは知っていました。時刻はもう、夕方の五時少し前でした。公演はいつも六時に始まるのです。

「マリオだ、マリオが来た」と、魔法使いのナニカシタイがひそひそ声で言いました。

「やっと来てくれたか！　マリオなら、このバカ騒ぎをやめさせてくれるだろう」シナイ王が、ほっとしたように言いました。

足音はどんどん近づいてきます。

「どうしましょう？」モッテルがおろおろして訊きました。

「おまえたちが逃げたら、マリオは怒るだろうな。罰をくらうことになるぞ」と、シナイ王がおどしました。

「わたしたちが見つからなければ、びっくりぎょうてんするだけよ。みんな、むこうの大きな樽のなかに隠れて。わたしがあなたたちを見えなくするから」ナニカシタイが笑いながら言いました。

「でも、あなたは？　いっしょに隠れないの？」と、モッテル。

「まだちょっと、シナイと話がしたいから。さあ、行って！　わたしもすぐに行くから」と、ナニカシタイ。

三人の人形たちは、大きな樽にむかって走っていき、なかに飛びこみました。ナニカシタイは言いました。

「さあ、シナイ！　あなたもいらっしゃい。樽のなかには、まだ入る場所がある。いっしょに新しいお芝居をしましょうよ。すぐに、子どもたちの前で演じられるようになるわよ。小さい子たちは、きっとあなたを好きになる。ひとりでここに残って、どうするつもりなの？」

「王さまの役をやるんだ！」シナイ王は意地をはって言いました。

「シナイ、いっしょにいらっしゃいったら。前と同じようにお芝居をしましょう。楽しかったじゃない！　二人で耳の遠いおじいさんとおばあさんの役をやったとき、どんなに笑ったか、覚えてるでしょ？　いらっしゃいよ、わたしが助けてあげるから」

「かんちがいするなよ。おれは、じいさんの役なんてまっぴらだ。いまの出し物が好きなんだ。マリオのおかげで、おれは王さまになったんだ。おまえだって、いい役をもらっただろう。そんなことも忘れて、おれをおきざりにし、ほかのやつらといっしょにマリオに反抗するつもりか！　マリオがいなきゃ、おまえたちはおしまいだぞ。どうせなら、マリオが入ってくる前にここを片づけろ」

ナニカシタイは、悲しそうにシナイ王を見つめました。そして、王さまの腕をやさしくなでると、舞台のはしの大きな樽の方に走っていってしまいました。

ナニカシタイが、ほかの人形たちといっしょにくすくす笑うのが、王さまの耳に聞こえました。それからしーんとしたと思うと、樽から青い煙が立ちのぼりました。

マリオが舞台の上に走ってきました。ひどくうろたえたようすで、糸の切れたあやつり棒を二本、手に持っています。マリオは腹立たしげに、ブリキのたいこをけとばしました。それから、シナイ王が舞台の中央に座っているのを見つけました――スパゲッティの冠をかぶり、スパゲッティの王笏を手にして。シナイ王はほほえんで、マリオを見つめていました。

「いったい何があったんだ？」マリオは大声で訊きました。シナイ王は、訴えるように言いました。

「バカなことはやめるようにって、言ったんですがね。でも、あいつらは聞きやしなかったんです。みんな、あそこの樽のなかに隠れていますよ！」

「樽だと？」マリオは腹を立ててさけびました。それから、いぶかしげにシナイ王のスパゲッティの冠を眺めると、一本つまみあげて、気持ち悪そうに見つめました。「おまけにこれは……なんなんだ？　美しい黄金の冠はどこにやった？　あれは、ものすごく高かったんだぞ！」マリオはシナイ王をどなりつけました。

「盗賊のヤッテルが、たたき売ってしまったんです。その金で、サーカスのためのガラクタと、スパゲッティを山ほど買ってきました。でも、わたしはあいつらに……」

「盗賊？　どの盗賊だ？　とんでもない話だ」マリオはかんかんになっています。

「わたしも、そう言ったんですよ、でも、まぬけな魔法使いとピエロが、わたしを笑い者にして……。ピエロが、わたしの王笏もスパゲッティに変えてしまったんです」

マリオはようやく、シナイ王がスパゲッティを手にしているのに気がつきました。

「王笏はどこに行ったのか、教えてもらおうか？」

「王笏は、魔法使いが花束に変えて、ピエロにプレゼントしてしまいました」

マリオは何ひとつ理解できないようすで、あきれ返って言いました。

「なるほどね。おれはもう、頭がどうにかなりそうだ」

「たしかに、あんたは頭に血がのぼるだろうって、盗賊は言ってましたよ」

マリオはあやつり棒を床に投げつけ、頭を抱えて、舞台の上を行ったり来たりしました。

「盗賊……スパゲッティ……魔法使い……もうめちゃくちゃだ！」マリオは王さまにたずねました。「ほかの連中はどこにいるんだ？　だれかが盗んだのか？　あの高価なあやつり人形たちは、どこに行ったんだ？」

「あいつらはハサミを使って、自分で糸を切ったんです。おろかなシタクナイ王妃が、まず最初に糸を切り、いまではナニカシタイという名前の魔法使いになっています。それから道化師が糸を切って、ピエロになって……。みんな、あそこの樽のなかにいますよ！」

人形つかいのマリオは樽のところに行き、なかをのぞきこみましたが、「だれもいないぞ」と、打ちひしがれた声で言いました。

「それは、ナニカシタイが隠れ雲で消してしまったからですよ」シナイ王はしんぼう強く説明しました。

「もうだまれ！」マリオがどなりました。「今晩の公演は、中止しなきゃならん。いろいろあと始末をしてから、あいつらを見つけてみせる。そして、またおれのために演じさせるんだ。おれから逃げられる人形など、いないんだ」

「わたしも、そう言ったんですがね」シナイ王が小さな声でぶつぶつ言いました。「わたしは演じられますよ」

「演じるだって？　王さまひとりでか？　そりゃあまるで、生ぬるいキュウリと同じくらいおもしろいだろうな。キュウリの役をやりたいか？　いいや、今晩は芝居はなしだ。あいつらをつかまえたら、また王さまの役をやらせてやる！」

マリオは急ぎ足で舞台から出ていきました。そして、劇場の支配人とちょっと話をすると、すぐに控え室にむかいました。そして、そこで座りこみ、頭を抱えてしまいました。怒っているだけでなく、とても悲しかったからです。

劇場の入り口には、もうお客さんたちが集まっていました。興奮した支配人が、言葉をつまらせながら、「残念ながら、今晩の公演は……中止です」と知らせると、おどろきが広がりました。

「あやつり人形が盗まれたんだってよ」とだれかが言い、知りたがりな人が支配人に、「警察が泥棒を追ってるんですか?」とたずねました。

「ええ、いや、ええ、そうです」支配人は弱りきってつぶやきました。「でもまだ、盗みなのかどうか、よくわかっていないんです。あやつり人形たちは、いきなり消えてしまったんです!」

お客さんたちはがっかりしましたが、入場券は明日も使える、と聞いて、少しだけ気分がよくなりました。そして、子どもたちにおいしい板チョコを一枚ずつやってくれないか、と支配人にたのみました。すると、黒い人形を抱いた赤毛の女の子が、「それなら、お芝居が何回中止になってもいいよ！」とさけんだので、みんなはどっと笑(わら)いました。

支配人(しはいにん)はほほえんで言いました。

「明日はきっと、公演(こうえん)ができますよ」

支配人(しはいにん)は人形つかいのために、どんなにお金がかかっても、新しい、大きな美しい人形を手に入れてやろう、と決心していたのです。

人形たちがマリオを悲しみから救い、大男にしたこと

そのころには、人形たちは樽からはい出していました。舞台の後ろを探すと、新しいお芝居に使えそうな小道具や、たくさんの美しい背景が見つかりました。舞台の上では、シナイ王がまだひとりで座って、なげいていました。

「おれは生ぬるいキュウリだと——これだけ長いあいだ、マリオのために働いてきたのに、そんなことを言われるなんて！」

魔法使いのナニカシタイが、舞台にもどっていきました。ほかの人形たちも、ぴょんぴょんと優雅にはねながら、ついていきます。

「マリオを助けてあげなくちゃ。控え室でしょんぼりしているんですもの。わたし、行ってくる……」ナニカシタイが言いました。ほかの人形たちは、舞台の上の、幕の後ろでだまっ

ています。

「おれはハサミがほしい」と、シナイ王が声をあげました。「王国と引き換えにしてもいい、ハサミがほしいんだ！」

踊り子のモッテルが急ぎ足で、すみっこに落ちていた大きなハサミを持ってきて、シナイ王にわたしました。シナイ王はハサミを高く持ちあげて——糸を断ち切りました。

玉座に固定したままのあやつり棒から、糸がたれて、ゆらゆら揺れています。

糸から離れたシナイ王は言いました。

「さあ、これでもう、だれにもキュウリとは呼ばせないぞ！　おれはこれから何かをする。名前も、ナニカスルに変えるんだ」そして王さまは、まっすぐに魔法使いの腕に飛びこみました。

魔法使いのナニカシタイは、ナニカスルをぎゅっと抱きしめ、スパゲッティの冠をはずしてやり、皿の上に放り投げました。

「いまの姿の方が、ずっとお似合いよ。みんながいっしょになれて、よかった」と、ナニカシタイ。

するとナニカスルが、心配そうにナニカシタイにたずねました。

「ひとりでマリオのところに行くのは、こわくないか？　あいつにつかまって、前よりもきつい糸でしばられ、ハサミなんか手に入らないようになるかもしれんぞ。そうなったら、どうする？」

ほかの人形たちも、「うん、うん」とうなずきました。みんな、同じことを考えていたのです。

でも、ナニカシタイは言いました。

「マリオがそんなことをするなんて思わない。だって、とてもいい人なんだもの。成功したせいで、ちょっとダメになってるだけなのよ。きっと、わたしの言うことを聞いてくれるはず」

「ひとりでは行かせないよ。おれもいっしょに行く」と、ナニカスルは言いました。

「おれも！」「わたしも！」と、ほかの人形たちも声をそろえました。

そこで、人形たちは連れだって、控え室にむかいました。

部屋の前まで来て、少しだけドアを開けてみると、マリオが両手に顔をうずめて、低いソファに座っているのが見えました。自分を、そしてまわりのすべてを、ののしっているようです。人形たちはゆっくりとマリオの方に近づいていき、まずモッテルが、マリオの肩をなでました。

マリオはゆっくりと顔を上げ、びっくりして「な、なんだ？　おまえたちか？　どこから現れた？　何しにきたんだ？」と、つっかえながら言いました。

「わたしたち、あなたといっしょにお芝居がしたいの」と、ナニカシタイが言いました。

「だが、糸は使わずにだ」と、ナニカスルがきっぱりとした声でつけ加えました。

「で、でも――そんなの無理だろう。糸を使わずに、どうやって芝居ができる？」

「ぼくたちは、いまでもあんたと、目に見えない糸でつながってるんだよ。心と心をつなぐ

糸さ」と、ヤッテルが言いました。真剣に言ったのですが、言ってしまったあとで、ちょっとキザな言葉だったかな、と思いました。

ナニカシタイとナニカスルは、にやりと笑いました。ワラッテルも、笑顔を隠すことができませんでしたが、笑い声を立てないだけの知恵はありました。

「おまえはどうも、詩人って柄じゃないがなあ」マリオはヤッテルに言うと、ほっとしたように笑い声をあげました。ヤッテル以外の人形たちは、マリオが笑ってくれたのでうれしくなり、みんなで笑い出しました。

ヤッテルは顔を赤らめましたが、勇気を出して、さらに話しつづけました。

「ぼくたちはこれからも、あんたと芝居(しばい)がしたいんだ――でも、あんたにも、ぼくらの仲間(なかま)になって、芝居(しばい)のなかで役を演(えん)じてもらいたい。芝居(しばい)の筋(すじ)は、みんなでいっしょに考えるんだ」

「そしてみんなで、どんどん新しいお話を作るの。自分たちもお客さんも、退屈(たいくつ)しないようにね」と、ナニカシタイも言いました。

「それはいいが、でもなあ……」マリオはためらいながら言いました。「おまえたちとくらべたら、おれは大きすぎるだろう。どうやっていっしょに芝居(しばい)ができるんだ?」

するとワラッテルが答えました。

「そんなの簡単(かんたん)さ。どの芝居(しばい)にも、大男が出てくることにすればいいんだ。大男は、いいやつだったり悪いやつだったり、ゆかいなやつだったり退屈(たいくつ)なやつだったり、勇敢(ゆうかん)だったりこわがりだったりする。そうすれば、あんたは無限(むげん)にいろいろな役を演(えん)じられるじゃないか。やることはたっぷりある」

「そうよ、大男ならいいんじゃない? 『ガリバー旅行記』だけじゃなくて、『アラビアンナイト』にも登場するし、サーカスの話にしてもいいし。あなたもたくさんアイディアがある

でしょう？」と、モッテル。

マリオは顔を輝かせ、ひとつひとつの人形を、長いこと抱きしめました。そして、「おまえたちはおれを救ってくれた。ありがとう！」と、目に涙を浮かべて言いました。

マリオは立ちあがると、頭からカツラをとって、ぽーんとゴミ箱に投げすてました。

人形たちはうっとりして、マリオを見つめていました。そう、はげ頭を光らせた、昔の気のいいマリオがもどってきたのです。

友人となった人形たちとマリオは、ひと晩じゅう、新しい芝居の案を練りました。そして、空が白むころには、次にやる芝居がすっかりできあがり、マリオがすべてを書きとめていました。

少し眠ったあとで、みんなはけいこを始めました。

農民と大男のお話

新しいお芝居は、いままで演じてきて、この町でもよく知られている『王子さまと貧しい農家の娘』の続きの話でした。タイトルを見ただけで、それがわかります。タイトルは『そのあと、どうなったか』というのです。

マリオは急いでシールを印刷してもらい、劇場の人たちがそれをあちこちのポスターにはりつけてまわりました。そこには、

今晩のお芝居のタイトルは『そのあと、どうなったか』です。

と、書かれていました。それから、マリオと人形たちは、最後のけいこをしました。

六時になると、劇場はもう、大入り満員でした。劇場じゅうが、お客さんの期待でいっぱいになっていました。

やがて、まだ閉まったままの赤いビロードの幕の前に、マリオが現れました。コメディアンのような黒いスーツに、赤むらさき色の蝶ネクタイを結んでいますが、カツラはつけていません。

マリオはお客さんたちにあいさつし、昨日は公演を中止にして申しわけありませんでした、と言いました。

「でも、お待ちいただいたのは、むだではありませんでしたよ。おかげで、わたしと、自由になったわたしの人形たちは、今夜、これまでのお話の続きを、別の方法で演じることができるようになったのです」マリオはほほえみました。

「親愛なる子どものみなさん。小さい子も大きい子も、このめずらしい人形たちを見て、びっくりしないでください。この人形たちは、見えない糸で動く、とてもめずらしいものなのです。世界じゅう探しても、このような人形芝居はほかにありません！」

それからマリオは、これまでの話、つまり前のお芝居のお話のあと、何が起こったかを、

簡単に説明しました。

　シナイ王の命令で農民になったワカラナイ侯爵が、初めはとても気を悪くしていたけれど、すぐに農民の暮らしに慣れたこと。人生がどのようなものであるかがわかって満足し、自分の名前をナニカワカルに変えたこと。

　ナニカワカルはしだいに、小さなこと、たとえばお日さまの光とか、花とか、おいしいお茶などを楽しめるようになりました。そしていまでは、すべてのことが変わっていくとわかったので、妻や子どもたちや友人と過ごす一瞬一瞬を、大切にしているのです。たとえば、生まれて初めて子どもたちとビー玉遊びをしたときは、子どもが勝って喜んでいるのを見て、たいそうおもしろがりました。また、ナニカワカルはとても教養があって、読み書きができたし、楽器の演奏もできたのです。農民のなかには、そんな人はあまりいないので、尊敬されるようになりました。

　戦いのときにも、ナニカワカルは、敵にとって手ごわい相手でした。みんなは、勇敢なナニカワカルを頼りにしました。村長にならないかとたずねられたとき、ナニカワカルはじっくり考えて、こう答えました。

「光栄だな、ありがとう。でも、村長になってしまったら、次は郡長になれという話が来て、その次は、なんだかわからないもっと大きなものの長にさせられてしまうだろう。いや、わたしは農民でじゅうぶんだ」

　マリオはそこで話をやめて、退場しました。マリオが着替えているあいだに幕が上がり、村のようすが見えました。そして、新しいお話が始まりました……。

　農民のナニカワカルは、ワカラナイという名前の若い騎士だったとき、年若い大男の命を

救ったことがありました。

ある日この大男が、いまでは友人となったナニカワカルに、あのときのことを感謝しようと、村へやってきました。髪の毛がぐしゃぐしゃで、足にはサンダルをはき、毛皮の上着を着て、手にはこん棒を持ったこの巨人の役は、もちろん、マリオが演じていました。

ところがぐうぜん、この日、ナニカワカルが住んでいる村は、盗賊たちにとり

かこまれていたのです。農民たちは勇敢に戦っていましたが、盗賊たちの方が数が多く、村のなかに攻めこんできました。そして、農民たちをこわがらせようと、畑や家に火をつけたのです。

　このようすを見てとった大男は、いいことを思いつきました。大男は運よく、村に来る前に、ニンニクや玉ねぎ、豆などをたくさん食べていたのです。そこで大男は、盗賊たちに背をむけてかがみ、おならを一発かましました。すさまじい勢いのおならだったので、盗賊の半分は、秋の木の葉のように吹き飛んでしまいました。そして残りの半分も、ものすごい臭いに耐えられず、逃げ出したのです。

大男はたいそうゆかいに思い、満足しました。そして、ナニカワカルと再会すると、シナイ王のことも同じように吹き飛ばしてやろうか、と言いました。でも、賢い農夫のナニカワカルは、そんなことはしなくていい、と答えました。

大男はナニカワカルの家に住んで、農民たちの畑仕事を手伝うようになりました。

その後も、盗賊の姿がまた地平線に現れると、農民たちは、いまでは仲よしの大男に、豆を煮て食べさせ、さらに、手押し車いっぱいの生の玉ねぎとニンニクも食べさせました。大男がおならをし、敵が逃げ出すと、農民たちは涙を流して笑いました。

それからというもの、村では栄養たっぷりのニンニクと玉ねぎと豆をたくさん育てるようになり、まもなく世界じゅうに、その産地として知られるようになったそうです。

一時間ほどしてお芝居が終わると、拍手がやんだあと、マリオがまたコメディアンのような服装になって、舞台に現れました。マリオはお客さんにお礼を言ったあと、こんなふうに声をはりあげました。

「友人たちとわたしは、この次の公演では、また新しいお芝居をお見せしたいと思います。とても小さな貴婦人に恋をする大男のお話です。今日、ここでみなさんにお約束いたします。わたしたちは、みなさんと自分自身を退屈させないように、もうけっして同じ芝居はくり返しません」

熱狂したお客さんたちは、割れんばかりの拍手を送りました。人形たちは、感激して涙を浮かべていました。

……そしてほんとうに、翌日の舞台で上演されたのは、まったく新しい、ゆかいなお話でした。前の日にマリオが言ったことがほんとうなのかどうか、たしかめにやってきた観客たちは、うれしいおどろきを感じ、感動したのでした。

マリオが恋をして、自分の物語を演じるようになったこと

こうして、マリオと生まれ変わった人形たちはまた、国じゅうを旅するようになりました。みんなの心のなかに眠っていた豊かなアイディアをもとにして、いつでも新しい出し物をやりました。サーカスを演じ、盗賊と近衛兵の話、サハラ砂漠にいるおかしな海賊や、大都市ミュンヘンにやってきたアメリカ先住民の話、、生徒と先生の話を演じ、一秒も退屈することはありませんでした。

マリオは幸せでした。大きくてりっぱなキャンピングカーを買い、そのなかに、人形ひとりひとりのためにベッドと洋服ダンスを用意してやりました。マリオ自身ももう、友だちの人形たちから離れてひとりでホテルに泊まったりはしませんでした。

一年ほどすると、マリオにはミミという恋人ができました。ミミは市電の運転士でしたが、

すばらしく上手にクラリネットを吹くことができました。まもなくミミは市電の仕事を辞めて、マリオの人形劇団といっしょに旅をするようになりました。お芝居に合わせて音楽を演奏し、人形たちのために美しい衣装を縫ってくれるようになったのです。

ミミはイタリア人で、本名はミラベラ・ミアモーレでしたが、親しい人たちはみんな、「ミミ」と呼んでいました。人形たちは、ミミが大好きでした。衣装や音楽のめんどうを見てくれたからだけではありません。ミミがずばずばと冗談を言うと、おとなしいマリオが涙を流して笑うのも、お芝居がさらに色っぽくてゆかいなものになるのも好きでした。

それに、ミミはマリオのことが大好きでした。いい人だからというだけでなく、イタリア料理を作るのが、イタリア人のミミ以上にうまかったからです。

ある晩、みんなはキャンピングカーのなかで、大きなテーブルを囲んで座っていました。外では風が歌うような大きな音を立てて近くのシダレヤナギの枝を吹きぬけ、雨がキャンピングカーの屋根をしつこくたたいています。でも、車のなかは暖かくていい気持ちでした。

人形たちは、ミミとマリオといっしょに、冗談を言ったり、笑ったりしながら、今日演じた出し物の話をしていました。ふいに、ナニカシタイが訊きました。

「明日は何を演じるの？」

「『ガリバー旅行記』はどうかしら。マリオがガリバーになって、わたしたちがこびとのリリパット国の人になるの」と、モッテルが言いました。

「いいかもな」とマリオも言いましたが、ピエロのワラッテルが口をはさみました。

「そうだな、でも、それはまた今度でもいいんじゃないかな。じつは今日、芝居を演じてるときに、舞台で思いついたことがあるんだ。きっとみんな聞いてもらえるかな。

な気に入るよ」

「じらさないでよ。どんなお話なの？」ミミがたずねました。

「マリオのお話だよ」ワラッテルは言うと、にやりとしました。

「いや、それは……。おれの話なんて、こまるよ。舞台の上でやるのは、ってことだけどね」マリオが顔を赤くして、つっかえながら言いました。「じまんしている、と誤解されるかもしれないだろう。なんて言ったらいいか……わからないよ」

「心配いらない」と、ナニカシタ

イが言いました。「ぜったいにあなたを特別扱いなんかしないから」

　ワラッテルがまた、にやりとしました。どんな話になるのかわかったモッテルは、目を丸くしました。

「金髪のモップみたいなカツラの話を省略しないなら、ぼくもいっしょにやるよ」とヤッテルが言い、歯をむき出して笑いました。すると、ワラッテルが言いました。

「省略しないとも。『マリオのお話』だって言ってるだろう。おまえたちもびっくりするぞ、マリオにマリオの役をやってもらうんだから。でも、芝居の大部分は、おれたちがやるんだ。だっておれたちこそが、『マリオのお話』なんだから！　おれたちがいなけりゃ、マリオに語れる話はないだろ」

　すると、ミミが大声で言い返しました。

「ちょっと待ちなさい、うぬぼれ屋。マリオにだって、わたしたちと同じように物語があるわよ」それからミミは、小さな声で続けました。「もちろん、あんたたちがお芝居の大部分をやってくれることは、たしかでしょうけど」

　すると、モッテルが言いました。

「そうね、でもマリオの話ってことは、『王子さまと貧しい農家の娘』のことも出てくるでしょ。どうやってあれを、あやつり糸なしで演じるの？　もしかしたら、また糸をつけなきゃいけないのかしら？　それならやりたくない――こんなにすばらしい自由を楽しんだあとだもの」

今度は、ナニカスルが口をはさみました。

「お嬢ちゃん、何言ってるんだ。糸なんていらないよ。あの話はみんなもう、よくわかってるんだから、糸にぶらさがったあやつり人形のふりをして、完璧に演じられるだろ。そういうのを、パントマイムっていうのさ」

「パント……何？」ヤッテルがおどろいた顔で訊きました。すると、マリオが言いました。

「ナニカスルの言うとおりだ。パントマイムというのは、言葉抜きでさまざまな場面を演じる、偉大な芸術なんだ。たとえば、ガラスの壁に頭からつっこんでいってぶつかるところを、実際に壁がなくても演じる。見えない敵と戦ったり、見えない石につまずいたり、見えないグラスからワインを飲んだり、きみたちの場合は、存在しない糸にぶらさがったりする。それがパントマイムだ。ほら、見てごらん！」

マリオは立ちあがると、見えないガラスの壁にぶつかるようすや、見えないボクサーと戦って、見えないパンチを受けてよろめき、後ろに倒れるようすを演じてみせました。

「それならいいわ。わたしもいっしょにやる」モッテルが、ほっとしたように言いました。

「そのお話に合わせて、マリオの好きな音楽を全部演奏してあげる」と、ミミが言いました。

マリオがテーブルのまんなかに右手をおくと、人形たちはその上に、自分たちの右手を重ねました。最後に手をおいたのはミミでした。そしてみんなは声をそろえ、「よし、やろう！　がんばるぞ」とさけびました。

マリオは立ちあがり、その町の劇場に電話をして、新しいお芝居のタイトルを伝えました。

翌日の朝早くには、もう、町のいたるところに新しいお芝居のポスターがはられて、新しいタイトルを宣伝していました。

そこには、『マリオのお話』と書かれていました。

次の晩、大劇場は一席の空きもなく埋まっていました。

マリオが茶色のスーツに黄色い蝶ネクタイという衣装で、幕の前に登場しました。今日は、マリオが主役です。感じよくあいさつしたあとで、マリオはお客さんたちに、こんな質問をしました。

「来てくれた子どもたちとそのご両親たち、今日はみなさんに、ひとつ訊きたいと思います。アストリッド・リンドグレーンと並んで、世界でいちばんおもしろい話を作るのは、だれでしょう？」

すると、黒い人形を抱いた赤毛の女の子が手を上げて、言いました。

「マリオ！」

お客さんたちは笑って拍手しました。

女の子が抱いていた黒い人形が、うっとりしたようにささやきました。

「ヤラナイ王子……」

でも、この大きな拍手（はくしゅ）のなかでは、その声はだれにも聞こえませんでした。

日本の読者のみなさんへ

まず、この物語がどのようにしてできたか、お話ししましょう。

三十年以上も前のこと、わたしは子どもたちのため、また大人のために、あやつり人形と人形つかいが登場するお芝居を書きました。そのお芝居は、ドイツのたくさんの劇場で上演され、成功をおさめました。

ところがその後、劇場に行くのが好きではないという友人が、「そのお話を本にしてくれないか」とわたしにたのんだのです。

そこで、わたしは本を書き、それはさし絵つきの本として出版されました。これで、劇場に行きたくない、もしくは行くことができない子どもや大人たちにも読んでもらえる、と思って、わたしはうれしい気持ちになりました。

さて、この物語でわたしは、三つのことを描いたつもりです。

まず第一に、成功によってダメになってしまった芸術家、つまり、人形つかいマリオについてです。マリオは物語の前半で、新しいお芝居を考える努力をしなくなり、一度成功した出し物を毎晩毎晩くり返すようになります。成功したせいでこんなふうになってしまう芸術家は、少なくありません。

第二にこの物語は、友情のことを描いています。成功によってダメになりかけた友情のこと、と言ってもいいでしょう。人形たちはマリオが大好きでしたし、マリオも人形たちのことを大切に思っていました。ところがいつのまにか、マリオはパーティーにばかり出かけるようになり、小さな友人たちをそまつにしはじめたのです。

友情というのは感じやすい植物のようなもので、きちんと世話をすれば成長して花を咲かせ、すばらしい実をつけますが、そまつにすると、枯れて死んでしまいます。

そんなわけで人形たちは、成功した話を七百回もくり返して上演したあと、もうマリオとは別れよう、と決心しました。マリオからはもう、あたたかい気持ちが伝わってきませんでしたし、同じことをくり返すのは、ただただ退屈だったからです。

人形たちがいなくなったとき、マリオは、自分が大きなまちがいをしていたと気づき、ようやく人形たちのことを真剣に考えるようになります。

人形たちはマリオと仲直りします。友情があれば、相手を許すことも、友人に第二のチャンスをあげることもできるのです。でも、第二のチャンスはあっても、百回も許すことはできませんよ！　一度許してもらったあとで、また友情を傷つけるような人は、友人とは言えませんからね。

さいわいマリオはいい人間で、仲直りしたあとは、人形たちと強い絆で結ばれ、もう裏切ることはありませんでした。人形たちといっしょに新しいお芝居を考え、そのなかで、自分も役を演じるようになり、同じ作品をくり返すことは二度とありませんでした。

でも、この物語でもっと重要なのは、第三のことだと思います。それは、自由へのあこがれ、自分で自分の進む道を決めることの大切さ、そして、その責任を引き受ける勇気です。
困難を乗りこえて自分の道を選ぶには、勇気だけでなく、ユーモアも必要です。さいわい人形たちは、勇気もユーモアもそなえていました。自分の頭で考え、自分で決めて、その責任を引き受ける、というこのプロセスは、子どもだけでなく、大人にとってもたいへん重要です。

だからこそ、わたしはこの本を、シリアの小さな町、ダルアーの子どもたちにささげました。

ダルアーの子どもたちは自由に生きることを望み、独裁者と勇敢に戦おうとしました。親たちが苦しんだり不安がったりしているのを毎日ひしひしと感じていた子どもたちは、勇気をふるって、自分たちの学校の壁に、「独裁者を倒せ。わたしたちは自由がほしい！」と書いたのです。

この本が、新しい絵とともに日本で出版されることを、とてもうれしく思います。

一九八七年に、もとになるお芝居を書いたときには、まさか三十三年後にこの物語が日本で出版されるなんて、夢にも思いませんでした。小さな人形たちは、なんてすてきな運命をわたしにプレゼントしてくれたのでしょう！

みなさんにこの本を楽しんでいただけることを願いつつ。

ラフィク・シャミ

訳者あとがき

マリオと人形たちのお話、いかがでしたか？

人形たちと会話して、人形の気持ちがよくわかるようになったマリオは、いまもどこかで、毎日新しいお芝居を演じているかもしれませんね。

作者のラフィク・シャミは、日本の読者への言葉のなかで、この物語はもともと、劇場で演じるお芝居だった、と書いています。三十年以上前、そのお芝居はドイツの劇場で大あたりして、何度も上演されたけれど、その後、劇場に来られない友人からのリクエストで、本として書き直したのだ、とのことでした。

最初のお芝居では、あやつり人形の役は、人間の役者が演じていたのだそうです。糸をつけて登場し、「自由になりたい！」と、次々に自分でその糸を切ってしまいます。王さまの人形だけは、自分の糸を切ろうとしませんが、王さまひとりでは、お芝居はできません。人形たちはどんどん逃げ出してしまい、最後までもどってはこないのだそうです。コミカルな演技に観客は大笑いするけれど、気づいてみたら舞台には、人形はひとりもいなくなっている……。物語として書き直すにあたって、シャミはさらにその続きもつけ加えた、というわけですね。（オリジナルのお芝居もとてもおもしろそうなので、いつか日本でも上演の機会があったらいいな、と思います。）

ラフィク・シャミは、一九四六年に、シリアのダマスカスという町で、パン屋の息子として生まれました。両親はアラム語という言葉を話し、周囲の人たちはアラビア語を話していたので、シャミは両方の言語をマスターしました。さらに学校で、英語やフランス語も勉強したそうです。

シリアでは、政府に反対の意見を言うことが許されませんでした。自由のない国で生きることに息苦しさを感じたシャミは、一九七一年、ドイツのハイデルベルク大学に留学することにして、シリアを出国しました。ほんとうは、イギリスやフランスの大学にも入学願いを出したのですが、いちばん早く返事をくれたのがドイツの大学だったのです。ドイツ語はできませんでしたが、ドイツに到着してから、いっしょうけんめい勉強しました。作家になる夢も持っていたので、ドイツ人の作家が書いた本を書き写して、ドイツ語を覚えたそうです。そして、八年後には、化学の分野で博士号をもらうまでになりました。

シャミは薬を作る会社で働きはじめましたが、物語を書きたい、という気持ちも強く持っていたため、やがて会社をやめ、文学の仕事をするようになりました。そして、一九八九年に『夜の語り部』という本を出したところ、大ベストセラーとなり、国際的にも名前を知られるようになったのです。シャミはこれまでに、ドイツ・アカデミー児童文学大賞など、三十以上の文学賞をもらいました。日本でも、『夜の語り部』をはじめ、すでに十冊の本が出版されています。

『人形つかいマリオのお話』は、二〇一三年にドイツで出版された本です。子どもむけの楽しいお話ですが、同時に、この本は、シリアのダルアーという町の子どもたちにささげられています。みなさんもご存じのとおり、シリアでは九年前に、国のなかで戦争が起こってしまいました。たくさんの人が亡くなったり、家をこわされたりしました。百万人以上の人が、戦争をさけて国を出ていきました。ダルアーの子どもたちは、戦争が始まったころ、政府に反対する自分たちの意見を、学校の校舎に大きく書いたそうです。それは、とても勇気のいることでした。

昨年秋、ドイツのフランクフルトで久しぶりにシャミに会う機会がありました。ドイツで暮らしてもう四十年近くになるけれど、故郷のシリアのことは、いまでもたいへん気になるそうです。ただ、自分自身はなかなかシリアに帰るわけにはいかない、内戦も続いているし、自由がないし、殺されてしまうかもしれないから、と、いつもはにこやかなシャミが、このときだけは悲しそうな顔で、話してくれました。

フランクフルトでは、シャミの妻、ロート・レープにも会いました。レープはドイツ人の画家で、シャミの本にも、よくさし絵を描いています。シャミ夫妻は、日本でマリオのお話が読まれるのを楽しみにされていました。
翻訳に際しては、徳間書店の上村令さんに大変お世話になり、感謝しています。また、ドイツの「ヨーロッパ翻訳者コレギウム（Das Europäische Übersetzerkollegium）」には、いろいろなサポートをいただいたことを、ここに記して感謝したいと思います。

二〇二〇年九月

松永美穂

【訳者】
松永美穂（まつながみほ）
愛知県生まれ。東京大学大学院人文科学研究科独語独文学専攻博士課程満期退学。早稲田大学教授。著書に『ドイツ北方紀行』（NTT出版）、『誤解でございます』（清流出版）、訳書に、ベストセラーになり毎日出版文化賞特別賞を受賞した『朗読者』、同著者による『オルガ』（ともに新潮社）、『ぼくの兄の場合』（白水社）、『マルカの長い旅』『母さんがこわれた夏』（ともに徳間書店）、ラフィク・シャミの作品『夜の語り部』『言葉の色彩と魔法』（ともに西村書店）など多数。

【画家】
たなか鮎子（たなかあゆこ）
福岡県に生まれ、宮城県に育つ。ロンドン芸術大学チェルシー校大学院修了。デザイン会社勤務を経て独立、ロンドン、ベルリン滞在ののち現在はパリ在住。2000年ボローニャ国際児童図書展絵本原画展入選。自作の絵本に『かいぶつトロルのまほうのおしろ』（アリス館）、『フィオーラとふこうのまじょ』『クリスマスマーケットのふしぎなよる』（ともに講談社）、『ルナのたまごさがし』（フレーベル館）、装画と挿絵の仕事に『魔法が消えていく……』（徳間書店）など。

【人形つかいマリオのお話】
MEISTER MARIOS GESCHICHTE – Wie die Marionetten aus der Reihe tanzten
ラフィク・シャミ作
松永美穂訳 Translation © 2020 Miho Matsunaga
たなか鮎子絵 Illustrations © 2020 Ayuko Tanaka
120p、22cm, NDC943

人形つかいマリオのお話
2020年11月30日　初版発行
2023年５月15日　２刷発行

訳者：松永美穂
画家：たなか鮎子
装丁：森枝雄司
フォーマット：前田浩志・横濱順美

発行人：小宮英行
発行所：株式会社 徳間書店
〒141-8202　東京都品川区上大崎3-1-1　目黒セントラルスクエア
Tel.(03)5403-4347(児童書編集)　(049)293-5521(販売)　振替00140-0-44392番
印刷：日経印刷株式会社
製本：大日本印刷株式会社
Published by TOKUMA SHOTEN PUBLISHING CO., LTD., Tokyo, Japan.　Printed in Japan.

徳間書店の子どもの本のホームページ　https://www.tokuma.jp/kodomonohon/

ISBN978-4-19-865197-8

とびらのむこうに別世界(べつせかい)

徳間書店の児童書

【小さい水の精】

オトフリート・プロイスラー 作
ウィニー・ガイラー 絵
はたさわゆうこ 訳

水車の池で生まれた小さい水の精は、何でもやってみないと気がすまない元気な男の子。池じゅうを探検したり、人間の男の子たちと友だちになったり…。ドイツを代表する作家が贈る楽しい幼年童話です。

小学校低・中学年〜

【小さいおばけ】

オトフリート・プロイスラー 作
フランツ・ヨーゼフ・トリップ 絵
はたさわゆうこ 訳

ひょんなことから昼に目をさました小さいおばけ。日の光のせいで体がまっ黒になってしまったうえに、道にまよって…? ドイツを代表する作家の、長年愛されてきた楽しい物語。さし絵もいっぱい!

小学校低・中学年〜

【熊とにんげん】

ライナー・チムニク 作・絵
上田真而子 訳

いなか道を村から村へ、芸を見せながら、旅してまわる男がいた。踊る熊をつれていたので、人びとは「熊おじさん」とよんだ…。一生を旅に生きた男と、無二の親友だった熊の、心に響く物語。

小学校低・中学年〜

【コクルおばあさんとねこ】

フィリパ・ピアス 作
アントニー・メイトランド 絵
前田三恵子 訳

コクルおばあさんは、ロンドンの町のふうせん売り。黒ねこのピーターをかわいがっています。ある日おばあさんがふうせんにひっぱられて空にまいあがり…? 物語の名手ピアスの楽しい幼年童話。

小学校低・中学年〜

【パイパーさんのバス】

エリナー・クライマー 作
クルト・ヴィーゼ 絵
小宮由 訳

犬と、ねこと、おんどりをもらってくれる人をさがしに、おんぼろバスに乗って、出発! 町をはしるバスの運転手パイパーさんと動物たちの心のふれあいに胸があたたかくなる、ほのぼのしたお話。

小学校低・中学年〜

【帰ってきた船乗り人形】

ルーマー・ゴッデン 作
おびかゆうこ 訳
たかおゆうこ 絵

船乗り人形の男の子が、本物の海に乗り出すことに! 人形たちと子どもたちの、わくわくする冒険と心の揺れを、名手ゴッデンが繊細に描く、正統派英国児童文学の知られざる名作。楽しい挿絵多数。

小学校低・中学年〜

【パン屋のこびととハリネズミ ふしぎな11のおとぎ話】

アニー・M・G・シュミット 作
西村由美 訳
たちもとみちこ 絵

パン屋のおやじさんにどなりつけられたこびとがきげんをそこね…(「パン屋のこびととハリネズミ」)。〈オランダの子どもの本の女王〉と称されたシュミットによる、ふしぎで楽しいおとぎ話集。

小学校低・中学年〜

BOOKS FOR CHILDREN